# La craie rose

À la vie… en rose
L. C.

Pour mes amis des Arts Déco
M. A.

**Catalogage avant publication de
Bibliothèque et Archives nationales du Québec
et Bibliothèque et Archives Canada**

Chartrand, Lili
La craie rose
Pour enfants.
ISBN 978-2-89512-935-6 (couverture rigide)
ISBN 978-2-89739-738-8 (couverture souple)

I. Arbona, Marion. II. Titre.

PS8555.H4305C72 2010   jC843'.6   C2010-940541-2
PS9555.H4305C72 2010

Directrice de collection : Lucie Papineau
Direction artistique et graphisme :
Primeau Barey
Dépôt légal : 4e trimestre 2010
Bibliothèque et Archives nationales du Québec
Bibliothèque et Archives Canada

**Dominique et compagnie**
1101, avenue Victoria
Saint-Lambert (Québec) J4R 1P8
Téléphone : 514 875-0327
Télécopieur : 450 672-5448
dominiqueetcompagnie@editionsheritage.com

**www.dominiqueetcompagnie.com**

Imprimé en Chine

Nous reconnaissons l'aide financière du gouvernement
du Canada par l'entremise du Fonds du livre
du Canada.

Nous reconnaissons l'aide financière du gouvernement
du Québec par l'entremise du Programme de crédit d'impôt
– SODEC – Programme d'aide à l'édition de livres.

Nous remercions le Conseil des arts du Canada
de l'aide accordée à notre programme de publication.

Financé par le
gouvernement
du Canada | Canada

# La craie rose

Texte : Lili Chartrand
Illustrations : Marion Arbona

Il y avait autrefois, dans un petit village, une légende qui circulait. Elle racontait que le père Noël offrait un cadeau magique aux enfants qui avaient fait preuve de bonté et de courage.

Mais, en ce matin de Noël, l'ambiance du petit village n'était guère joyeuse. L'année avait été si difficile que plusieurs enfants n'avaient reçu aucun cadeau.

C'était le cas de Léa. Pourtant, la fillette n'était pas triste.
Son souhait avait été exaucé! Ce matin, sa maman s'était enfin levée,
après plusieurs semaines clouée au lit par la maladie.

Pendant cette triste période, Léa avait fait différentes besognes, parfois
bien ardues pour une fillette aussi menue. Les quelques sous amassés
avaient tout juste permis à Léa et à sa mère de se nourrir.

Léa offrit à sa maman un mouchoir qu'elle avait brodé.
Celle-ci remarqua les points irréguliers, mais ne dit pas un mot.
— Il ne te plaît pas ? s'inquiéta Léa.
— Oh oui ! soupira sa maman. Il est si joli ! Mais je n'ai rien pour toi,
ajouta-t-elle en caressant les cheveux de sa fille.
— Tu vas mieux, c'est tout ce qui m'importe !

Soudain, la mère de Léa fut secouée par une quinte de toux.
Le cœur de la fillette se serra. Comprenant que sa maman
souffrait toujours, Léa la raccompagna dans la chambre glaciale.
Dans l'étroit lit, serrées l'une contre l'autre,
elles s'endormirent.

À deux maisons de chez Léa, vivait Jil. En ce jour de Noël,
le garçon se leva dès l'aube. Il espérait découvrir dans son bas
les petits soldats de plomb qu'il avait demandés. Déçu, Jil
y trouva plutôt une boîte de craies. Dressées sur deux rangées,
elles semblaient au garde-à-vous, tels de petits soldats.

Il y avait deux craies blanches, une craie bleue,
une rose, une verte, une jaune, une orange
et une mauve. «La maîtresse n'utilise qu'une craie
blanche, pensa Jil. Elle sera verte de jalousie!»

Jil brûlait d'envie d'essayer ses craies. Aussitôt dit,
aussitôt fait! À la lueur d'une bougie, il usa
les deux craies blanches sur les murs de la cave.
C'est alors qu'il eut une idée. Il referma la boîte
sans avoir touché aux craies de couleur.

Dès le retour en classe, Jil sortit ses craies. Aussitôt, il fut
entouré par les élèves et la maîtresse. Comme leurs yeux brillaient
devant la craie bleue ! Tout à coup Léa surgit, très essoufflée.
Elle était allée faire une course pour un de ses voisins. Léa se faufila
entre les enfants. Elle fixa la craie rose jusqu'à ce que Jil la range
dans sa boîte. Le garçon annonça qu'après l'école il utiliserait
ses craies sur le mur de la cordonnerie.

Cet après-midi-là, le soleil brillait.
Suivi par une ribambelle d'enfants,
Jil se rendit derrière l'échoppe du
cordonnier. Il sortit sa boîte de craies,
puis traça un gros chat bleu aux
moustaches vertes. Des enfants
voulurent à leur tour dessiner leur
animal préféré. Mais Jil déclara
d'une voix forte :
– Je ne prêterai mes craies qu'en
échange d'un soldat de plomb.

Les enfants protestèrent. «Aucun de
nous n'a un tel trésor!» pensa Léa.
Jil le savait trop bien. Il adorait
susciter l'envie, il se sentait important.

Léa quitta la bande, car elle devait
laver le parquet d'une vieille dame.

Jil couvrit le mur de dessins. Tout fier, il admira son travail.
Pourtant, il ne reçut aucun compliment. Lassés de le regarder
dessiner, les enfants avaient filé. Jil était furibond. Lui qui pensait
faire sensation ! Il avait utilisé toutes ses craies pour rien !
En vérité, il lui restait la craie rose. Mais Jil avait horreur
de cette couleur. Il s'apprêtait à jeter la craie dans une bouche
d'égout quand Léa apparut devant lui.
Sa tâche achevée, la fillette était revenue à la cordonnerie,
piquée par la curiosité. Elle avait vite remarqué qu'aucun dessin
n'était tracé en rose. Rose, sa couleur préférée. Léa s'exclama :
– Non ! Ne la jette pas !

Jil regarda Léa. Elle ne payait
pas de mine, avec ses ongles
noircis et sa robe tachée. Pourtant,
Jil resta de glace. Il répliqua :
– Que me donnes-tu en échange ?
– Euh… je n'ai qu'une vieille poupée
de chiffon, bredouilla Léa.
– Tu veux rire de moi ? s'emporta Jil.
Contre cette craie, j'exige… un bijou !

Léa resta muette. Jil tint de
nouveau la craie rose au-dessus de
la bouche d'égout. Léa s'écria :
– Donne-moi quinze minutes, d'accord ?

Le garçon réfléchit quelques
secondes. Qu'avait-il à perdre ?
– D'accord, répondit-il.

Léa habitait à deux pas. Elle rentra chez elle.
Dans la chambre, sa maman dormait. La fillette
s'approcha. « Il y a bien la croix en or qui orne
son cou, se dit-elle. Mais c'est le seul souvenir de papa
qu'elle possède… » Léa eut honte de cette pensée.
Par la fenêtre, elle vérifia que Jil l'attendait toujours.

La fillette ne comprenait pas l'attitude du garçon.
« Si j'avais eu des craies, je les aurais partagées avec
les autres enfants. Nous nous serions bien amusés ! »

Léa avait un grand cœur, tout simplement.

Soudain, Léa eut une idée. Elle courut à
perdre haleine jusqu'à l'arrière du magasin général.
Dans les poubelles, elle avait déjà récupéré
de la ficelle et un pot ébréché. Léa plongea le
nez dans les détritus. Elle trouva enfin
ce qu'elle cherchait : un morceau de cristal
rouge provenant d'une coupe brisée.

À bout de souffle, Léa rejoignit Jil. Elle lui présenta le «bijou» qui miroitait au soleil. Tout content, Jil s'en empara vivement. «Quelle sotte, cette Léa! pensa-t-il. Maintenant, j'ai un trésor à moi!»

Jil tendit à Léa la craie rose. La fillette la serra contre son cœur, puis rentra chez elle.

Dans la chambre, la mère de Léa dormait toujours.
La petite fille s'agenouilla sur le sol et traça un papillon sur la base du lit.
Léa voulait offrir à sa maman un peu de couleur et de beauté.

Soudain, le papillon frémit. Puis, sous le regard fasciné de Léa,
il voltigea dans la pièce avant de se poser sur la poitrine de sa maman.
Il battit trois fois des ailes, lentement.

La mère de Léa s'éveilla. Aussitôt la fenêtre s'entrouvrit comme
par magie. Le papillon de craie s'envola à tout jamais.

Tout à coup, la maman de Léa se redressa dans son lit.
Ses joues rosirent, puis ses yeux brillèrent comme des saphirs.
Elle se leva et tendit les bras vers Léa.

Le cœur de la fillette chavira de bonheur. Serrant très fort
sa craie rose, Léa se blottit, en riant, dans les bras de sa maman.

La légende disait vrai…

Sauf que le père Noël s'était trompé de maison !